I

Après ma descente en parachute

Enfin! me voilà sorti de l'hôpital où pendant deux longs mois j'ai souffert d'une immobilité plus fatigante que toutes les fatigues endurées depuis le début de la guerre.

Les soins ne m'ont pas manqué, oh! non! Les majors et les infirmières n'ont eu pour moi que dévouement et douceur depuis le jour où l'on m'a apporté chez eux, sans connaissance et sensiblement endommagé. Mais l'hôpital c'est la prison : mes quarante ans robustes supportent mal l'inactivité.

Si j'étais un autre homme, j'aurais sans doute apprécié différemment les affectueuses délicatesses de Mme d'Aballeu, mon infirmière habituelle. C'est peut-être grâce à elle que je suis encore debout, que je peux respirer le bon air frais de ce parc alpestre, où me voilà établi pour un mois de convalescence et où je retrouve à peu près les mêmes attentions, les mêmes soins qu'à l'hôpital de V...

Mme d'Aballeu a beau être admirablement blonde et jolie, avoir la pitié généreuse et noble, la bonté d'une sainte, s'être sacrifiée dans son repos, dans sa fortune, dans son amour-propre même au profit des malheureux poilus blessés, depuis que son mari est mort prisonnier en Allemagne, fin 1914, je n'en reste pas moins l'irréductible célibataire misogyne, maniaque et désabusé, irritable et profondément désagréable en somme, que mes amis — comment puis-je en avoir! — ont toujours connu.

Il paraît que je force l'estime et la sympathie parce que malgré tout, je ne suis aucunement égoïste, et aussi parce que mon passé

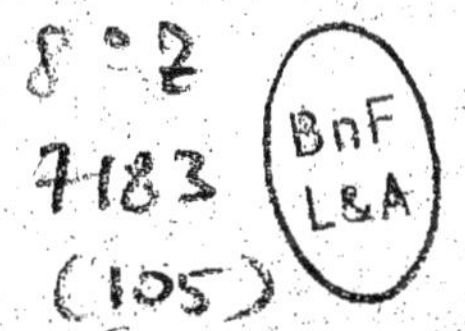

de vieux chercheur d'aventures et les deux livres que j'ai publiés « appellent l'attention sur l'originalité de mon caractère ».

Mon Dieu! Je le veux bien! si cela leur fait plaisir.

Et puis, mon camarade de souffrance, mon voisin de lit à l'hôpital de V..., le caporal Brulard ne m'a-t-il pas dit : « Voyez-vous, maréchal des logis, d'être arrivé ici avec trois côtes enfoncées, les deux jambes fracturées à la suite de votre exploit en saucisse, ça vous a posé! Alors, tout de suite, on s'est intéressé à vous, on s'est occupé de vous; et quand on a vu sur votre vareuse le ruban tricolore des sauveteurs, les deux palmes et les trois étoiles de votre croix de guerre, il n'y en avait plus que pour d'Orcines. »

La belle affaire pourtant... Oui, j'ai bien été blessé deux fois au début de la campagne, avant de quitter l'artillerie pour devenir observateur en « saucisse. » et, de ma saucisse, j'ai bien descendu mon Boche à coup de fusil mitrailleur en même temps qu'il m'incendiait, le brigand, mais croyez-vous que je l'aie fait exprès?... Pouvais-je éviter cela? Ce n'est pas moi, certes qui étais allé le chercher! Alors?...

Si j'ai été cité six fois, qu'y a-t-il d'extraordinaire? Qu'ai-je fait de plus que n'importe quel obscur et anonyme poilu — même si ce poilu n'a pas été remarqué par ses chefs et cité?

Qu'on me fiche la paix avec ma bravoure, mon courage, mes actions d'éclat. Je ne m'étais pas engagé au début de la guerre, moi réformé du temps de paix et quadragénaire, pour croupir dans un dépôt ou dans une formation abritée de l'arrière. En fait de filon, je n'en connais qu'un, celui qui permet à un homme comme moi, misanthrope et hypocondre, d'avoir un idéal, un amour, et de se donner à lui à corps et à cœur perdus. Eh bien! mon amour idéal c'est la France, car je n'ai jamais rien trouvé d'aussi beau, d'aussi adorable ni d'aussi grand à travers le monde; et mon « filon » c'est de pouvoir la défendre, me battre pour elle...

Ceci dit, il faut maintenant que je mette à exécution le premier des projets conçus durant mes nuits d'insomnie et mes jours d'ennui, à l'hôpital, quand la fièvre et la douleur me laissaient le cerveau assez libre pour réfléchir sainement.

Me voilà rafistolé, et très bien même. Les fractures de mes jambes sont réduites; dans trois semaines je ne boiterai plus du tout, paraît-il. Mes côtes sont recollées elles aussi, et ne font plus qu'une toute petite bosse sous la peau; les poumons fonctionnent à merveille, je mange comme un loup; je vois clair comme un lynx; le cœur est excellent et le poignet solide; les muscles sont souples. Bref, j'ai malgré l'âge de mes artères, toutes les qualités requises pour faire un assez bon pilote aviateur, et je veux être pilote aviateur, et je le serai, même si le diable se mettait en travers.

Il faut à tout prix, que je descende une saucisse boche et quelques Rumpler ou Rolland ensuite, par-dessus le marché.

Alors, j'ai rédigé ma demande au ministre lui-même, selon les règlements et je viens de la lui adresser par voie hiérarchique.

La voie hiérarchique! Je sais que c'est une voie qui ne raccourcit pas les distances, mais je n'ai pas le choix et je compte sur la bienveillance et la haute justice de mes chefs pour faciliter la réalisation de mes espoirs.

Comme il ne m'est pas interdit de leur envoyer aussi un petit mot à eux, je n'y manque pas. D'ici à un mois, la réponse à ma demande aura le temps de me parvenir.

Je vais achever de me requinquer complètement, dans le repos des verdures montagnardes et quand on m'annoncera la bonne nouvelle espérée, j'irai faire mon apprentissage d'oiseau.

— Les oiseaux n'attendent pas d'être vieux pour apprendre à voler.

— C'est vrai... seulement, à cette heure, tant de choses sont changées...

Et voilà comment, je me suis moi-même « bourré le crâne » avec conviction. Le tout est d'être sincère dans la vie. Je l'étais. C'est pourquoi j'ai réussi.

J'ai là, dans ma poche, contre mon cœur, la bonne nouvelle. Dans quarante-huit heures, je pars pour l'école d'Avord, en qualité d'élève-pilote.

Ça c'est enlevé. Oui! on peut dire que c'est une affaire, et une affaire bien menée.

II

Les quinze commandements du candidat-aviateur

D IABLE, diable! Ce n'est pas aussi facile que l'on croit d'apprendre à piloter un avion. J'ai mis « ma cage à poules en pylône » ce matin même.

Il paraît que c'est parce que j'ai voulu aller trop vite. Non pas voler à une trop grande vitesse, mais plutôt voler avant d'avoir suffisamment appris. Pensez donc, je n'avais que quatre ou cinq jours de double commande!

Alors, le lieutenant Pinoir, adjoint au capitaine chef du pilotage à l'Ecole, m'a conseillé, non sans ironie, d'apprendre les commandements du candidat aviateur.

Point n'est besoin d'être malin pour se payer la tête d'un apprenti quand on est un ouvrier accompli. Mon humeur se ressentit de cette constatation assez logique en somme et, pendant trois jours, je ne fus littéralement « pas à prendre avec des pincettes ».

Sans le respect dû à mes supérieurs, j'aurais certainement fait un éclat, lorsque l'adjudant pilote moniteur Roux me remit, avec un air goguenard des plus blessants, à l'issue du rapport, devant plusieurs de mes camarades, un exemplaire des fameux commandements du futur pilote, dactylographiés sur une feuille de papier ministre.

— Voilà pépère... Apprenez cela par cœur. Peut-être pourrez-vous ainsi, par la science théorique, suppléer à l'insuffisance de vos réflexes.

— Je vous remercie beaucoup, mon adjudant. Tant de prévenances pour moi me confondent. Laissez-moi ne les attribuer qu'au respect imposé à la jeunesse par l'expérience générale de l'âge mûr.

Et tournant brusquement les talons après un salut, moins que correct, je me réfugiai dans ma chambre. Ma main nerveuse froissait dans ma poche la feuille de papier ministre sur laquelle s'étalait la parodie vexante. Je ne voulais pas la lire, et je n'osais pas jeter par la fenêtre le maudit papier roulé en boule.

— Espèce d'imbécile, me disais-je (et c'est de moi que je parlais ainsi mentalement), que signifie ta susceptibilité ridicule? Ne signifie-t-elle pas que tu es un orgueilleux. Or, te voilà pris en flagrant délit d'inconséquence, car tu professes ne mépriser rien tant que l'orgueil. Méfie-toi. Tu dis que l'Allemagne s'effondrera sous le poids de son orgueil; tu affirmes que l'orgueil a perdu ce peuple, au fond sérieux et travailleur; tâche de ne pas sombrer comme le Boche. Déjà bien assez que tu aies l'ambition de devenir pilote, à ton âge...

Un Farman sur lequel avaient lieu mes vols d'entraînement (p. 5).

Insensiblement, parce que mes réflexes étaient lents sans doute, ma main sortait de ma poche en serrant entre la paume et les doigts le vilain papier roulé en boule. Et la boule se trouva soudain sur la table, devant mon nez. A cette vue, je me repris à une plus exacte appréciation des choses, et c'est après avoir souri de moi-même, en haussant les épaules, que je me mis à défroisser le papier, à l'étaler devant mes yeux, à le lisser avec soin, pour mieux le lire.

Au fond, il n'y avait pas de quoi fouetter un chat pour cette plaisanterie à demi spirituelle et d'ailleurs sans prétention.

Après avoir lu trois fois — gourmand hein! j'y prenais maintenant plaisir! — ces fameux commandements des dieux du pilotage, je les savais par cœur.

Mon seul regret était de n'en pas connaître l'auteur; j'ai su depuis qu'ils sont d'un aimable fantaisiste, le pilote Marcel Jeanjean.

Les quinze commandements du candidat-aviateur.

    1. Au jour voulu tu goûteras
       Les joies de l'air avidement.

2. Le saint baptême recevras,
   Sur un vieux zinc d'entraînement
3 Double-commande connaîtras
   Sans t'amuser énormément;
4. Puis un matin, tu t'en iras
   Sans moniteur embarrassant.
5. Un peu de trac ressentiras
   D'être tout seul évidemment!
6. Bientôt, pourtant, essayeras
   Virages penchés, noblement...
7. Mais point pilote ne seras,
   De l'avis des gens compétents,
8. Tant que ton zinc tu n'auras pas
   Mis en pylône adroitement...
9. Bottes à tige arboreras
   Et des ceinturons mêmement.
10. Les pékins espatrouilleras
    Avec des tas de boniments...
11. Nombreux fétiches recevras
    De tes marraines gentiment.
12. Plus tard des Boches descendras
    Dans tous les coins glorieusement.
13. Homologations obtiendras
    Tout de même, de temps en temps.
14. Un très grand as tu deviendras,
    A la condition, cependant
15. Qu'avant, point ne te casseras
    La figure inopinément...

Après mon pylône, j'avais redoublé de ténacité. Un semblable accident ne pouvait évidemment décourager un entêté de mon espèce. Pour suppléer au manque de souplesse de mes muscles, auxquels il ne m'eût fallu que :

> *...... ce trésor qui les contient tous :*
> *La jeunesse!*

Je m'efforçai d'augmenter la « production » de mon cerveau. Je le chargeai de remplacer par un surcroît de travail, le travail des réflexes insuffisants et, le lieutenant sous-chef du pilotage dut avouer, au bout de peu de temps, que je ne deviendrais jamais un acrobate, mais que je ferais un pilote sérieux. Jamais je « n'assis un zinc », ni ne « sonnai la vieille cage à poule » — Farman — sur laquelle avaient eu lieu mes vols d'entraînement après mon célèbre pylône, et je fus même admis, peu de temps avant d'obtenir mon brevet de pilote, à m'élancer à bord d'un Spad!

Au bout de dix semaines de séjour à l'Ecole d'Avord, et avec quarante-deux heures de vol, j'obtins mon brevet de pilote-aviateur. L'homologation de mon exploit devait m'être signifiée trois jours après, en même temps que je recevais de l'Inspection générale des Ecoles et Dépôts d'Aviation l'insigne d'aviateur.

L'étoile ailée, entourée de la couronne de chêne, cela fait très bien sur un uniforme sombre — et j'étais resté fidèle à l'ancien uniforme de mon arme d'origine : l'artillerie!

Cependant, ma désillusion fut grande car, au lieu de me diriger tout de suite sur une escadrille du front, ainsi que je l'avais ardemment désiré, on m'expédia à l'Ecole d'aviation de bombardement de Malaunat. D'élève-pilote, je ne devenais que pilote-élève. Pas de chance!

L'annonce de cette décision me rendit furieux, cela va de soi, et pour un peu, cette fois encore, j'aurais fait quelque bêtise, un éclat.

Heureusement, la sagesse se manifeste généralement à temps chez moi, pour rectifier les impulsions irrégulières de mon caractère!

Je finis par me dire qu'après tout, l'aviation de bombardement possédait ses mérites propres et son utilité, tout aussi bien que l'aviation de chasse, et plus encore peut-être.

Je me vis, déversant bientôt des tonnes de projectiles sur Metz, sur Cologne, voire sur Essen, et je pris le train pour Malaunat, sans trop « grincher », accompagné jusqu'à la gare par une cinquantaine d'élèves et d'officiers d'Avord, dont j'avais, m'a-t-on dit, — conquis les cœurs par ma brusquerie franche, mon froid courage — encore — et ma bonté distributrice de rudes conseils.

Il paraît que l'on n'en faisait pas autant pour tout le monde.

Très flatté...

Ah! les braves, les chers petits camarades. Combien déjà sont tombés glorieusement pour la France, que je ne reverrai plus, jamais plus, et que « le vieux bourru » — le vieux bourru, c'est moi, — aimait bien, lui aussi.

III

Mon petit bombardier

J'APPRÉCIE les hommes comme vous. Ici vous aurez à travailler si vous voulez devenir un as du bombardement. Je vous y aiderai. Le sang-froid que donnent l'âge et l'expérience sont les qualités essentielles pour un pilote bombardier. Ces qualités-là, je sais que vous les avez.

« Ce n'est pas surtout un chef que vous trouverez en moi, c'est un ami. »

Sur ce petit discours, lors de mon arrivée à Malaunat, le capitaine Xaintrailles — un beau nom! — me serra chaleureusement la main.

Dix minutes après j'avais rejoint au terrain, mes nouveaux camarades, tous pilotes brevetés et, familièrement ils me présentaient aux moniteurs des deux uniques divisions de l'Ecole — perfectionnement et bombardement — lesquels me présentaient eux-mêmes aux chefs de ces divisions et au lieutenant-chef du pilotage, M. Albert.

Je ne devais connaître qu'un peu plus tard dans la journée le service du détachement : Messieurs les *rampants* et le « double » (le sergent-major, un chanteur comique de caf'conc' éternellement perdu dans ses comptes et ses paperasses, mais pas plus mauvais garçon pour cela au demeurant).

L'Ecole d'Aviation de Malaunat se trouvait établie en Auvergne, au milieu d'une vaste plaine fertile, entourée de collines et même de montagnes, « idoines aux emboutissages involontaires » disait plaisamment le lieutenant Albert.

Le fait est que la navigation aérienne, dans ce cirque restreint, n'offrait aucune des sécurités de l'immense terrain d'Avord en Berry.

Ici, comme à Avord, je dus faire quelques tours de double-commande en compagnie de l'adjudant moniteur Blid, pour me familiariser avec les appareils de bombardement, beaucoup plus lourds que les autres et absolument nouveaux pour moi.

En vertu de ce principe philosophique qui dit que si l'on ne peut avoir ce que l'on aime, il faut aimer ce que l'on a, je ne tardai pas à affectionner, — si j'ose dire, — l'aviation de bombardement.

Huit jours après mon arrivée à l'école, je pilotais un avion d'instruction, un coucou fatigué, retour du front et retapé à la va-vite.

J'avais donc un coucou, et même un petit mécano « débrouillard y affecté ». Mon mécano s'appelait Gaudiche — mais il ne l'était pas du tout.

Restait à choisir un bombardier si je ne voulais pas qu'on m'en donnât un d'office.

Parmi les élèves bombardiers, le choix se présentait épineux pour ma perspicacité. Cette catégorie d'aviateurs provient d'anciens pilotes, trop âgés ou « accidentés », de soldats et d'officiers, de sous-officiers versés dans l'auxiliaire pour blessures de guerre, ou de pistonnés du service armé.

Ceci ne veut pas dire qu'ils « ont les foies », mais cela rend le choix plus difficile, on en conviendra.

Car le bombardier, c'est comme le frère siamois du pilote. Mon bombardier sera donc mon frère. Il devra aussi, être autant que possible mon ami, mon véritable ami. Ne devrons-nous pas jouer ensemble avec la mort, lors de chaque mission, de chaque raid? Nous ferons bien de nous entendre comme Castor et Pollux! Ce n'est pas déjà si commode...

Bref, j'ai choisi comme bombardier le caporal Tripatte, un Pantinois de vingt ans!

— Chef, m'a-t-il dit, je vous la serre. Avec vous, j'irai où l'on voudra... même en perm' à Paname!

— Soit! lui ai-je répondu, mais je ne connais qu'une route pour y parvenir rapidement d'ici. On suit la rive droite du Rhin!

— Il est roulant, comme le tapis du même nom, l'ancien! s'est écrié Tripatte sans aucun respect.

Le lendemain, j'emmenais Tripatte (p. 9).

« Gagnera-t-on des « coquetiers » à ce jeu-là, durant le voyage?

—Sans aucun doute, tu peux le croire, mon petit gars! lui ai-je répondu. en le tutoyant tout de suite, tant son allure crâne de gavroche faubourien et débrouillard me plaisait.

— Alors. ça colle!

Tripatte était un des as du *tapis roulant*, ce champ de tir en miniature des élèves bombardiers, et il y avait gagné nombre de coquetiers. c'est-à-dire de primes offertes aux meilleurs tireurs, par un des plus grands industriels de la région — homme aux larges concepts et Mécène de l'aviation depuis toujours — Tripatte qui n'était pas riche, savait apprécier les petits cadeaux « parce qu'ils entretiennent l'amitié ».

Je lui offris à dîner le soir même au Splendid Palace Hôtel de Malaunat — une auberge de troisième ordre, — et lui déclarai que ma blague à tabac serait éternellement à son service, tant que nous ne nous ferions pas « bouziller » l'un sans l'autre.

Tripatte, stimulé par une bouteille de bourgogne « s'en ressentit » soudain pour moi et il m'embrassa en pleurant.

— L'ancien, fit-il... tu seras pour ainsi dire mon père... nous ferons ensemble du « boulot de choix ». On volera, on bombardera ensemble, on deviendra ensemble des as et l'on mourra ensemble.

— Pour ça, mon petit, ce n'est pas possible...

— Pourquoi donc?

— T'es trop jeune!

Le lendemain, j'emmenais Tripatte comme passager à mon premier tour de la matinée.

Le *zef* soufflait, tel une brise parfumée. Très maître de mon zinc *Laramée*, je m'offris le luxe de monter en chandelle, de virer sur l'aile, de rechercher les nuages pour me mouvoir dans du coton. Bref, je cherrai un peu.

Et quand nous redescendîmes, après que j'eus atterri « comme une fleur », Tripatte me déclara que « c'était le plus beau jour de sa vie. »

Décidément j'avais trouvé le bombardier qui me chaussait. Nous constituions bien ensemble « la fine équipe ».

Le lieutenant Albert le reconnut lui-même.

Les jours passent et j'escompte un prompt départ pour le front. Tripatte est aussi pressé que moi, mais la guigne s'acharne après nous. Impossible de faire nos tirs. Depuis bientôt trois semaines, l'atmosphère a constamment des *ratés* : les plus imprévus, les plus déconcertants et les plus dangereux. A 7 heures du matin il fait un soleil éblouissant; le ciel est lavé, net, bleu comme l'azur méditerranéen, et à 7 heures et demie, subitement le temps se brouille, le vent se lève et se met à souffler en tempête, ou bien un orage inouï se déchaîne, avec accompagnement de grêle, vent, éclairs, tonnerre, toute la lyre!

Climat montagnard! Pourquoi diable aussi avoir établi une école d'aviation dans cette étroite plaine encerclée par les puys auvergnats? Si c'est pour jouer avec les difficultés, on y a pleinement réussi.

Durant cette période malheureuse, notre temps se passe à écouter les conférences, d'ailleurs intéressantes, des deux officiers adjoints techniques à l'Ecole, le lieutenant Dumas et le capitaine Mignot. Ils nous initient aux secrets du viseur et du lance-bombes. La parole du premier est éloquente. Ancien polytechnicien, devenu industriel, il possède le sens des réalités à un degré rare. Son enseignement nous attire, nous intéresse à cause de sa simplicité, de son éblouissante clarté. Point n'est besoin d'avoir fait ses humanités pour le comprendre. Les primaires peuvent le suivre, tant son sens de la vulgarisation est affiné, tant il sait se mettre à la portée de toutes les intelligences.

Si tous les pilotes et les bombardiers de l'Ecole de Malaunat étaient aussi bons praticiens qu'ils sont, grâce à lui devenus de bons théoriciens, ils fourniraient aux « chances françaises dans la guerre » un appoint considérable.

Bien qu'il y ait à l'Ecole de Malaunat des bombardiers plus âgés que moi, les pilotes se plaisent à m'appeler l'ancien, le doyen, ou bien encore, plus familièrement le *vieux*.

Quant à Tripatte, mon jeune frère, je me mets à l'aimer comme un fils. Les précieuses qualités de cœur de cet enfant se détachent mieux parmi ses petits défauts. Blagueur, « bourreur de crâne », chineur, profondément irrespectueux, trop libre en paroles et parfois même grossier, il n'a pour moi que prévenances, attentions délicates, trouvailles ingénieuses afin de m'être agréable.

Quant à moi, je le rudoie quelque peu parfois, mais je sacrifierais volontiers ma vieille peau pour sauver la sienne.

Oui ! décidément, nous formons bien, ainsi que l'a dit le lieutenant Albert « la fine équipe ».

Reste à faire nos preuves...

Puisque Tripatte était un as du bombardement au tapis roulant, aucune raison ne s'oppose à ce qu'il le soit au champ de tir, et ensuite au champ de bataille de l'air.

Allons, le baromètre remonte, nous aurons peut-être enfin la période de beau temps attendue.

Je note ici que mes « passages au-dessus de l'appareil photographique » ont été plutôt bons. Ces passages constituant, en quelque sorte, la répétition générale de la pièce, pour les pilotes de bombardement. J'aime à croire qu'au champ de tir mes passages ne seront pas plus mauvais et que mon petit Tripatte « lâchera gentiment ses crottes » sur les objectifs désignés : un tronçon de voie ferrée en pleine brousse, avec de vieux wagons dessus.

Il s'agit de ne pas rater les wagons. On peut aussi détruire la voie dans le sens où elle court. Cela n'en va pas plus mal. Et puis, selon la profonde parole du moniteur Roux : « C'est tout pour démolir. »

Quand les vieux wagons sont écrabouillés, on les remplace par d'autres. On remplit les entonnoirs, et on rétablit sommairement la voie.

Lorsque je serai là-bas, il me plairait d'avoir des bombes et des torpilles, — bombes à ailettes ou autres — capables de faire des entonnoirs aussi grands que les cratères des puys auvergnats.

Mais, que vais-je donc rêver là... Deviendrais-je un homme à l'imagination dévergondée ?

La petite chambre dans laquelle j'écris est située à l'extrémité du baraquement, parmi les bâtiments de l'Ecole. C'est une étroite pièce peinte à la chaux, dont les charpentes et les boiseries apparaissent un peu en saillie. Les carreaux de ma fenêtre sont en papier huilé, le parquet n'est que du béton. J'ai un lit de soldat, et aussi une chaise et une table en bois blanc.

Ce décor n'est pas fait pour exciter la folle du logis.

Mais, devant mes yeux, sont collées ou fixées au mur, quelques images et des photos : le portrait de Guynemer; des groupes de camarades dont plusieurs ont accompli déjà des exploits célébrés dans les communiqués et d'autres qui sont tombés en héros, ou en victimes. Question de chance! Il y a aussi des photographies d'avions de tous les types, avions boches et appareils alliés, et des dessins et des plans, et des vues d'entonnoirs et d'objectifs bombardés et atteints.

Ce sont ces images évidemment qui me rendent rêveur, imaginatif et avide d'action.

Le beau temps semble bien être revenu. Hier au soir, le lieutenant Albert m'a fait dire de me tenir prêt à 4 heures du matin.

A 3 heures et demie, Tripatte est venu voir si j'étais « paré ». J'achevais de me raser. Dix minutes après nous arrivions au hangar où sommeillait *Laramée* et à trois heures cinquante-cinq le moteur ronflait sur la piste et l'hélice tournait en agitant les couches d'air en arcs bleutés, dans la douce fraîcheur de cet exquis matin.

M'étais-je jamais senti aussi dispos, aussi en train? Après avoir donné l'ordre aux mécanos d'enlever les cales, je manœuvrai les commandes avec sûreté. *Laramée* décolla en douceur au bout de quarante mètres à peine de roulement et s'éleva avec une légèreté de libellule malgré les bombes dont il était chargé. Jamais cet avion, dont le moteur comptait bien soixante-dix heures de vol, ne m'avait semblé aussi souple, aussi obéissant; c'était un plaisir de le piloter.

Tripatte s'arrêta de fumer sa pipe pour s'écrier :

— Dis donc pépère, ça gaze rudement bien, n'est-ce pas?

— Merveilleusement.

— Alors, si qu'on irait lâcher ça sur Berlin au lieu de laisser tomber sur d'inoffensifs vieux wagons du P. L. M.?

Tripatte décidément ne doutait de rien. Son avis était d'ailleurs le mien et si la chose n'eût dépendu que de nous... Il est vrai que nos réservoirs ne pouvaient emporter une provision d'essence permettant plus de 5 heures de vol et que la distance entre Malaunat et Berlin, même à vol d'oiseau, doit représenter près de 1.500 kilomètres, 3.000 aller et retour.

En volant à 175 à l'heure, il faudrait 9 heures pour effectuer ce raid. Les appareils Bréguet ne permettaient pas alors ces tentatives avec fruit, du moins avant qu'on ne les eût modifiés et équipés dans ce dessein.

— Mon pauvre Tripatte, remettons ce voyage à un autre jour.

Tripatte, au lieu de répondre, se borna à pousser deux ou trois grognements dont je ne pus deviner la signification.

Laramée planait à 2.000 mètres, au-dessus du champ de tir, dont nous distinguions le tapis vert, taché d'une ligne noire.

Notre premier tir devait précisément s'effectuer à 2.000 mètres altitude.

— Attention! criai-je à Tripatte, ne blaguons plus .. Je passe.

— On y est, patron!

Alors, je décrivis une belle courbe, à l'imitation d'un rapace au-dessus de sa proie; je pris du large et lorsque je jugeai être bien en face et au-dessus du but, je piquai en ligne droite.

L'œil au viseur, Tripatte ne bougeait plus.

Soudain je sentis *Laramée* vibrer légèrement et, simultanément, au-dessous de nous j'entendis les éclatements de nos bombes.

Bien vite un regard.

Les taches noires étaient dispersées, les wagons cibles pulvérisés.

Pour son coup d'essai, le vaillant Tripatte avait accompli un coup de maître et mis en plein dans le mille.

Décidément, mon bombardier avait tout d'un as, même ailleurs qu'au tapis roulant.

J'étais satisfait, heureux et tellement joyeux que pour arriver plus vite au sol, je faillis descendre « en vrille » et « ramasser le gadin ».

Ce qui, entre parenthèses, me valut un eng...uirlandage en règle du lieutenant Albert.

IV

Tripatte et moi nous quittons l'Ecole de Malaunat

TRIPATTE est resté un as dans les bombardements à 300, à 500, à 1.000, à 3 000 et à 4.000 mètres. Nous n'avons plus qu'un tir à faire à 5.000.

Il est temps d'ailleurs, car des bruits circulent depuis quelques jours qui seraient pour nous inquiéter si nous ne devions partir.

L'Ecole va, paraît-il, être transférée dans le midi et l'aérodrome de Malaunat sera mis à la disposition de l'aviation américaine.

Nous avons déjà vu plusieurs silhouettes d'officiers aviateurs américains se profiler sur le terrain en compagnie du commandant de l'Ecole.

Laissons la place aux nouveaux venus; ils arrivent pour faire du bon travail, j'en suis sûr.

Quant à moi, je joue de malheur : depuis trois jours le vent n'a pas cessé de souffler en tempête; brouillard et nuages rasent les toitures des villages. Les boules rouges sont mises; on ne vole pas.

— D'Orcines, le commandant vous demande, est venu dire un planton.

— Bien. J'y vais.

— Trois minutes après, je frappais à la porte du bureau du capitaine Xaintrailles, commandant l'école.

Il travaillait avec son adjoint, le lieutenant Ruge, et son secrétaire.

— Bonjour, d'Orcines, fit-il, en me tendant la main.

« Vous allez avoir terminé votre entraînement avec une conscience et une rapidité auxquelles je me plais à rendre hommage.

Tripatte, que le commandant avait fait appeler en même temps que moi, se présenta sur ces entrefaites.

— Ah! voici notre futur as du bombardement, dit le capitaine en riant.

— Vous me flattez, mon capitaine, répondit mon co-équipier qui ne perdait jamais le nord.

— Je disais, reprit le capitaine, que vous constituez à vous deux une excellente équipe, une équipe supérieure même.

« Vous auriez fait au front...

A peine le capitaine avait-il prononcé ces derniers mots que Tripatte et moi, nous nous regardâmes rapidement.

— Vous auriez fait au front, continua le commandant de l'Ecole, non sans avoir remarqué l'attitude inquiète de ses deux subordonnés, le meilleur travail, j'en suis persuadé; et il est regrettable que par message téléphoné je reçoive à l'instant l'ordre de vous diriger d'urgence sur le Camp retranché de Paris, où vous serez affectés à une escadrille de Défense contre avions.

— Nous! m'exclamai-je, stupéfait.

— Vous et cinq autres équipes également désignées nominativement.

— Ça c'est trop fort! ne pus-je m'empêcher de dire.

— Votre déconvenue ne m'étonne pas, mes amis, et, comme vous, je déplore que les nécessités, les besoins présents, éloignent momentanément de leur véritable voie, deux pilotes de votre valeur mais...

Au moment où le capitaine allait sans doute nous expliquer les raisons d'une mesure aussi imprévue, et plutôt intempestive, on frappa deux coups brefs à la porte de son bureau.

— Entrez, fit-il, en fronçant un peu les sourcils.

Alors, présentés par le lieutenant Albert, deux officiers américains s'approchèrent.

Tous deux grands, souples et glabres les deux officiers alliés représentaient à la perfection le type aujourd'hui populaire des magnifiques soldats d'outre-Atlantique.

Nous allions discrètement nous retirer, mon petit Tripatte et moi, lorsque le commandant nous fit signe d'attendre un instant; il n'avait pas fini de nous donner ses ordres.

L'un des deux officiers américains, le plus jeune, portait brodé en argent sur sa vareuse kaki, l'insigne des aviateurs de l'armée U. S. Il parlait avec lenteur, un français correct. C'était le lieutenant Davidson, pilote aviateur, désigné pour être le commandant technique de l'Ecole. L'autre, un homme d'une cinquantaine d'années, avait le grade de major. C'était le commandant Bennett, désigné pour diriger l'Ecole américaine de bombardement aérien de Malaumat.

Durant que se faisaient les présentations et que la conversation s'engageait, Tripatte et moi, nous laissions déborder, à voix basse, et dans un coin, notre mauvaise humeur.

— Non! mais vois-tu ça! s'exclamait mon petit bombardier devenu soudain orgueilleux et jaloux. On expédiera chez les Boches des « nouilles » qui se « retourneront les pinceaux » à la première sortie, et nous qu'or « s'en ressent », on ira patrouiller bêtement de jour et de nuit, pendant des heures au-dessus des clochers et des toitures de Panama! Crois-tu que c'est assez serin un ordre comme ça!

— Vois-tu, mon petit Tripatte, je ne suis pas superstitieux ni fétichiste pour un sou. Tu ne trouverais sur moi aucune médaille, aucun ruban, ni dans ma cantine le moindre bas de soie, mais je finis par croire que nous sommes envoûtés et que nous avons *la poisse*.

— (Parbleu... tu as donné du feu à trois types, hier au soir, avec

Deux officiers américains s'approchèrent (p. 13).

la même allumette; remarqua judicieusement Tripatet qui, lui, du moins, était superstitieux pour quatre.

« Et puis tout le monde nous souhaite *bonne chance* depuis que nous devons partir.

— C'est cela! fis-je en souriant.

Mais le rire franc et la voix claironnante des Américains appelèrent soudain notre attention.

Oubliés dans notre coin, derrière le capitaine, nous écoutâmes.

— Nous autres *H'américains*, disait le major Bennett, avec son accent si sympathique aux oreilles françaises, nous voulons *h'avoir* avant longtemps, milliers d'aviateurs.

— Oh! mais, remarquait judicieusement le capitaine Xaintrailles, des milliers d'aviateurs ne se forment pas aussi rapidement que cela.

— Si! répondait l'Américain, en avançant, en un geste familier, sa puissante mâchoire... En vingt heures de vol, un pilote est formé.

— Mais, ils vont se tuer! s'exclama le commandant de l'Ecole, auquel on reprochait son excessive prudence et un souci pourtant légitime de la vie de ses subordonnés.

L'exclamation du capitaine était à peine sortie de sa bouche, que nous entendîmes formuler avec une fermeté où se mélangeaient bizarrement la grandeur et l'humour assaisonnés d'accent yankee, cette réponse inoubliable :

— Yes!... Ça fait rien... ils veulent!

Et je compris qu'un peuple entrant délibérément dans la guerre avec une mentalité semblable ne saurait qu'être vainqueur.

J'ai appris depuis que le major Bennett, grand manufacturier aux Etats-Unis, avait fondé, à ses frais, dans son pays, une école d'aviation, et qu'à la déclaration de guerre, généreusement il l'avait donnée à son gouvernement en disant : « Je crois que maintenant je rendrai plus de services en Europe ». Puis il s'était engagé comme soldat.

Mais le commandement militaire aux Etats-Unis n'est pas embarrassé de traditions ni de vieilles formules; de ce soldat compétent, il avait tout de suite fait un *major*, et un directeur d'école d'aviation.

Lorsque le capitaine Xaintrailles put reprendre la conversation avec nous, il dit :

— Le temps est favorable aujourd'hui. Ce soir vous ferez votre dernier tir avec les autres équipes désignées pour le départ. Et demain vous serez mis en route par le service du détachement.

« Au revoir donc, mes amis, et bonne chance, termina-t-il en nous tendant les mains.

Mais déjà Tripatte protestait.

— Oh non! ne dites pas bonne chance, mon capitaine.

— Pourquoi cela?

— Parce que ça fiche la poisse!

On veille au-dessus de Paname!

Pas plutôt arrivés, nous avons décidé de faire une demande pour partir au front et nous l'avons remise à nos chefs avec, comme dit Tripatte, « la rapidité de deux cerfs lancés par une main sûre ».

On nous a d'abord regardés de travers. Ensuite, après notre première patrouille nocturne, en constatant de quelle façon je m'étais « posé » devant les rampes d'atterrissage, chefs et camarades ont vu « que j'en connaissais des trucs » et à présent on nous considère.

Pour la circonstance, mon petit bombardier est devenu mitrailleur; mitrailleur-bombardier. De la sorte, on n'a pas osé nous séparer.

Au lieu de notre vieux zinc de Malaunat, vieux mais fidèle, nous avons maintenant un *taxi* presque tout neuf, avec un moteur qui tire rudement.

Mais quel travail fastidieux. Ah! vivement que notre demande soit agréée et le front. Dire que je rêvais d'être pilote de chasse, et que me voilà pilote de D. C. A.!

L'un est aussi utile que l'autre, je n'en doute pas. Seulement, chacun a ses goûts. Et pour ma part, je préférerais être loin d'ici.

Tripatte ne décolère plus. Il a maintenant aussi mauvais caractère que moi; un de ces jours nous nous mangerons le nez dans un accès de rage — et pourtant nous sommes amis « à la vie, à la mort » comme il dit.

Voilà dix jours que nous sommes au C. R. P. et que nous faisons dans le ciel de Paname patrouilles sur patrouilles.

Mais nous n'avons pas encore aperçu seulement la queue d'un avion boche. Si l'on osait, on irait bien à leur rencontre un peu plus loin; mais ça c'est défendu — sévèrement défendu!

La réponse du Ministre ne nous arrivera donc jamais!

Tantôt au-dessous de nous la ville immense brille dans le soleil du matin. Nous cherchons à découvrir les traces de ses blessures. Çà et là, au milieu d'un pâté de maisons, une partie de toiture effondrée ou bien un trou béant indique une plaie ouverte.

Ce n'est que cela? Toute l'ingéniosité des barbares s'est employée en efforts prodigieux pour arriver à un aussi maigre résultat! Les merveilles de la cité restent intactes et la vie circule comme de coutume dans ses artères. Ceux qui devaient partir sont partis. La fourmilière humaine se livre à son labeur coutumier.

Tantôt au-dessous de nous la ville se repose dans le calme nocturne qu'illuminent seules les clartés stellaires. Le miroir du fleuve guide notre vol dans la nuit.

Paris l'inviolé semble n'avoir plus aucun souci de ce qui peut advenir. La foi est revenue; il dort dans la croyance indestructible au triomphe final de la Justice.

Pour être monotone et sans éclat, notre besogne n'est pas dépourvue d'une certaine grandeur.

Sentinelles perdues dans l'azur, nous veillons sur un peuple qui peine, qui aime ardemment et qui espère...

V'lan! c'est à croire en effet que la guigne me poursuit. Si cela continue, je finirai par devenir superstitieux comme la plupart de mes jeunes camarades. J'attribuerai de la puissance à cette stupide déesse imaginaire que les faibles appellent *La Chance* et à laquelle ils accordent un pouvoir mystérieux leur permettant de se dispenser souvent de tout effort continu et de toute ténacité.

Voilà que ce matin, en rentrant de faire ma patrouille quotidienne, on m'appelle au bureau.

— D'Orcines, vous partez en escadrille, à la 118.

— Ah! enfin, fis-je, tout heureux.

Mon premier mouvement ayant été de joie brutale, égoïste, mon second fut de désolation. L'ordre ministériel me visait seul; mon pauvre Tripatte restait « en carafe ».

Retrouver un co-équipier pareil, un enfant si brave, si loyal, avec lequel je m'entendais si bien, n'était probablement pas impossible, car il ne manque pas au front de courageux garçons comme lui. Mais alors c'était recommencer, recommencer toujours, à rouler le rocher de Sisyphe.

Ah! c'est ce coup-là qui me fit regretter plus que jamais de n'être pas pilote de chasse, de ne pas pouvoir m'envoler tout seul, à bord d'un monoplace.

Lorsque j'ai dit à Tripatte, tristement :

— Tu sais, mon petit... ça y est... je pars!

— Quand? m'a-t-il répondu.

— Ce soir.

— Où vas-tu?

— A la 118.

— Et moi?

— Toi, tu restes... L'ordre ne te vise pas.

— Alors, « tu me laisses tomber! » s'écria-t-il avec, dans sa voix rauque, un sanglot contenu et le grondement d'une colère montante.

— Est-ce de ma faute?... Et crois-tu que je n'en sois pas désolé?

— Oui, je te crois..., fit-il tristement.

Nous nous serrâmes fortement la main sans pouvoir, ni l'un ni l'autre, articuler une parole de plus.

VI

Je sollicite une mission périlleuse

COMME le font nos ennemis, je suis allé semer la terreur et la mort dans les cités florissantes.

Mais, j'ai du moins l'orgueil de pouvoir dire que les aviateurs français ont toujours recherché uniquement les objectifs militaires. Lorsque les populations civiles ennemies ont été atteintes dans leur vie et dans leur richesse, c'est à cause des circonstances particulières ne nous permettant pas de les épargner.

Je fais équipe avec un bombardier de mon âge. Il s'appelle Paul Dupuis. Son histoire m'est inconnue, car Dupuis représente le poilu le plus hermétique que je connaisse. Instruit, éduqué, cela se sent, comment est-il resté simple soldat, surtout après avoir déversé comme il l'a fait des tonnes d'explosifs sur l'ennemi? Mystère. Trois palmes à sa croix de guerre, cela lui suffit. Jamais il ne demande rien, ni ne manifeste aucune émotion, aucun désir. Lorsqu'on a besoin de lui, on peut l'appeler.

— Présent, répond-il.

Et c'est tout.

Nos camarades l'ont baptisé Paul le Taciturne. Je devine qu'il y a dans la vie de Dupuis un mystère angoissant, et qu'il se réfugie et s'enferme dans le silence de la discipline, comme d'autres cœurs douloureux s'enferment et se réfugient dans l'isolement du cloître.

Quoi qu'il en soit, nous nous entendons parfaitement, et c'est là l'essentiel. Je veux dire que nous nous entendons parfaitement dans le travail, en tant qu'équipe, car en dehors des devoirs qui nous réunissent, nous ne nous voyons pas.

Paul Dupuis veut être seul. Je l'ai rencontré deux fois déjà, assis au pied d'un arbre, à trois cents mètres de notre hangar, et j'ai vu qu'il pleurait.

Je voudrais tendre la main à cet homme qui souffre, calmer cette douleur orgueilleuse et muette, mais Paul le Taciturne ne s'y prêterait pas. Il tient à rester seul à posséder son mystère farouche.

Je crois cependant m'être aperçu qu'il est heureux chaque fois que nous partons en expédition. Une joie intérieure l'éclaire et des rayons de cette joie se reflètent dans ses yeux.

Si vraiment il en est ainsi, je me charge de le satisfaire.

Je ne demande moi-même qu'à agir, à combattre, pour délivrer le plus vite possible mon pays et la liberté. Je ne demande qu'à user mes forces à cette tâche, à y employer toute mon ardeur, tout mon sang, toute ma vie.

L'essai que j'ai déjà fait d'un nouvel avion de bombardement, extraordinairement puissant, maniable et rapide, ne me permet plus de regretter mon vieux *Laramée*, ni le très bon appareil de D. C. A. que j'avais au C. R. P.

Avec cet avion sur la carlingue blindée et camouflée duquel il est interdit de faire peindre un nom, et qui porte le numéro 24 de sa série, je pourrai faire de la chasse à l'occasion, après avoir fait du bombardement, et rester en l'air pendant de longues heures, parcourir par conséquent de vraies distances, grâce à la minime consommation d'essence de son carburateur idéal, à la légèreté stupéfiante de son puissant moteur et à l'appoint de réservoirs ingénieusement disposés.

Paul Dupuis ne manifeste au sujet de ce superbe appareil ni enthousiasme, ni indifférence.

Aux questions que je lui pose parfois soit avec ma brusquerie familière et voulue, soit avec une sorte de timidité dont il doit apprécier la délicatesse, cet homme douloureux se borne à répondre :

— Tout ce que vous voudrez, comme vous voudrez. Je suis là.

« Mais quand tenterez-vous quelque chose de nouveau et d'énorme?

Ah! je l'ai deviné enfin, ton cœur blessé, va, pauvre homme! Tu veux chercher l'oubli dans quelque sensation extrême, ou bien tu veux aller à la mort, sans tomber dans la lâcheté du suicide facile et sans attendre qu'elle vienne à toi.

Mais moi, ce n'est pas cela que je cherche. Je veux agir jusqu'à la témérité, jusqu'à la folie, mais je veux agir utilement et me conserver si c'est possible, pour agir encore.

Dupuis et moi, nous sommes tombés d'accord en peu de mots pour solliciter du commandant de notre groupe la faveur d'une mission extraordinaire.

— Mais encore? nous a-t-il répondu après nous avoir écoutés avec la bienveillante attention dont il est coutumier envers ses subordonnés. Quel genre de mission? Un ordre d'action isolée? — si ce n'est que cela, vous l'aurez. Mais c'est encore banal; c'est presque ce que vous faites tous les jours. On ne peut varier que le choix des obstacles et de la durée. Il faut rester dans les limites du possible... et de la latitude laissée à mon initiative. Alors?

En nous voyant tous les deux immobiles devant lui, songeurs et muets, le commandant ajouta :

— Ecoutez; j'ai confiance en vous. Je sais que vous êtes des

« durs » et que rien ne saurait vous rebuter ni vous faire peur. Eh bien! réfléchissez... Trouvez quelque chose d'osé, d'audacieux, — mais de possible — et soumettez-le-moi. Je vous promets que si cela ne dépasse pas les limites de mon pouvoir, je vous donnerai l'autorisation d'agir seuls, ou sinon que je la solliciterai pour vous. C'est tout ce que je peux vous promettre. Etes-vous satisfaits?

— Oui, mon commandant, répondis-je.

Paul Dupuis approuva de la tête.

Nous sortîmes tous les deux du poste de commandement après avoir fait un salut réglementaire digne de jeunes recrues déjà entraînées.

— Eh bien! qu'en dites-vous? demandai-je à Paul le Taciturne, une fois dehors.

— Eh bien! il faut chercher... chacun de notre côté... et trouver quelque chose.

Huit jours plus tard, je me présentais de nouveau avec mon bombardier, devant le commandant du groupe, à qui nous avions demandé audience.

Cette fois, le lieutenant Blossac, chef de notre escadrille, nous accompagnait. Nous l'avions mis dans le secret de notre projet et après avoir longuement discuté, il s'était finalement déclaré convaincu et nous avait promis de nous appuyer au besoin. C'est pourquoi il avait tenu à venir avec nous chez le commandant.

Quelques jours après cette audience, l'autorisation du G. Q. G., indispensable à l'accomplissement de notre expédition, arriva. Pour la première fois, je vis un éclair de joie briller dans les yeux de Paul Dupuis, devenu subitement loquace.

— Je n'osais pas espérer, me confia-t-il. Ce que nous voulons faire est tellement en dehors de ce qui se fait habituellement en aviation... L'initiative que l'on nous laisse à nous, simples hommes de troupe, est si étonnante que je ne puis encore y croire.

— Cependant cela est...

— La question reste de préparer avec soin notre expédition.

— Vous n'ignorez pas que du moment où les détails d'exécution sont déjà théoriquement réglés, ils le seront pratiquement en vingt-quatre heures.

— Vous comptez que nous pourrons partir après-demain?

— J'en suis sûr.

— Mon cher ami, me dit alors Dupuis en me prenant les mains, voici la première fois, depuis bien longtemps, que je sens un peu de joie réchauffer mon cœur.

Pendant douze heures, avec l'aide des trois meilleurs mécaniciens d'avions et d'un excellent monteur, choisis parmi les escadrilles du groupe, nous travaillâmes enfermés dans le hangar de notre appareil, à « l'adapter » au rendement que nous attendions de lui.

Tous ses organes furent vérifiés avec un soin méticuleux, depuis le moteur jusqu'à l'entoilage et aux cordes à piano.

L'hélice et le moteur furent « gantés », selon mes indications, d'une ouatine de ma conception destinée à assourdir leurs ronflements. La carlingue et les plans furent peints en jaune paille sale.

Tout fut prêt le soir à 7 heures.

J'avais fixé le départ entre 1 heure et demie et 2 heures de la nuit. Mon calcul était fait. A la vitesse de 190 kilomètres à l'heure de moyenne, il nous fallait environ deux heures pour aller et deux heures pour revenir.

Je m'étais muni d'un compas perfectionné de direction en navigation aérienne et d'une carte dressée spécialement en vue de notre expédition.

Bref, nous étions parés; tous nos instruments de bord se trouvaient à leur place. Il ne nous restait qu'à attendre l'heure du départ.

— Si nous allions dîner ensemble? proposai-je à Dupuis.

— J'avais la même idée que vous, et j'allais à l'instant vous l'exprimer.

— Si vous voulez m'en croire, nous ferons un petit dîner fin, — sans excès d'aucune sorte, bien entendu.

— Vous avez raison... D'autant que ce sera peut-être le dernier.

— Tel n'est pas mon sentiment, bien que l'évocation de cette possibilité n'ait pas le don de m'effrayer.

— Je le sais, dit Dupuis, d'une voix grave, et c'est pourquoi je vous apprécie. J'aime les hommes qui n'ont pas peur de la mort.

Nous étions à table à l'auberge du Cheval-Blanc, entre le dessert et le café, lorsque mon excellent camarade Milon, un brave vieux sous-officier rampant R. A. T., infatigable et bourru, vint nous trouver. Milon remplissait au groupe les fonctions de vaguemestre. Ce poste n'a rien d'une sinécure.

— Voilà deux heures que je vous cherche, me dit-il.

« Cette lettre à la suscription bizarre est-elle bien pour vous?

En voyant l'adresse, libellée par Tripatte, dont je reconnaissais l'écriture, je ne pus dissimuler ma joie. L'incorrigible gavroche m'envoyait ainsi de ses nouvelles :

« Mon vieux pote,

« Depuis ton départ, je nageais dans le marasme.

« Voilà quinze jours, on m'a fait partir avec un nouveau pilote, pas maladroit, mais qui ne te vaut pas.

« A la quatrième sortie, par suite du brouillard, on a « ramassé le gadin » à l'atterrissage, et on s'est « retourné les pinceaux » proprement. Mais, t'en fais pas... Lui, jambe cassée. Moi j'ai détérioré quelque peu mon physique avantageux. « Ça s'arrangera », m'a dit le « toubib ». Je doute pourtant que mon oreille gauche, complètement arrachée, puisse s'arranger.

« L'accident eût pu, paraît-il, être plus grave. Je te crois...

« Ce qui est grave, en tout cas, c'est que le seul remède capable de me remonter et même de me guérir, manque complètement ici. Par ma voix, l'arrière fait donc appel au secours de l'avant. L'avant droite à gauche comme un oiseau blessé; mais il luttait avec courage

Et bientôt je repris mon vol, tandis que mon ami se perdait sous bois
(p. 23).

a l'habitude... Pas de tabac, pas une miette de tabac... Au secours!
Si tu ne m'envoies pas du « perlot » je vais sûrement mourir de
consomption.

« Je compte sur toi, mon vieux pote, mon as, et surtout écris
une longue réponse, avec le détail de tes exploits...

« Ton fidèle ex-bombardier, te donne l'accolade fraternelle, et
te serre les mains.

« TRIPATTE. »

— Le cher parigot!... « A mon retour je « chinerai » tout le
tabac du groupe pour lui en envoyer une petite caisse », me dis-je.

VII

L'avion dans la tempête

Nous sommes partis, à l'heure convenue.

L'aurore s'annonçait radieuse, dans la brume légère. Mon
moteur « gazait » merveilleusement, et un léger vent d'ouest
nous poussait sans brutalité.

Jamais, depuis longtemps, je ne m'étais senti aussi sûr de moi.
Mes muscles retrouvaient la souplesse de leurs vingt ans; mon poignet
de fer eût maîtrisé un étalon sauvage; mes yeux perçants, abrités
derrière de grosses lunettes contre le vent coupant, voyaient net,
juste et loin; parfaite était la régularité des battements de mon cœur.

Notre coucou planait dans l'azur comme un grand oiseau royal :
les trois couleurs des cocardes peintes sur ses ailes brilleraient bientôt, orgueilleuses, au-dessus des terres ennemies.

J'avais calculé toutes les chances que l'on peut calculer en dehors
du hasard et, tout en volant dans la direction de l'est, je ne cessais
de m'élever. Le magnifique BR que je pilotais plafonait à 7.000 mètres.
C'était un record.

A une telle altitude, on est pratiquement invulnérable; mais il
n'est pas possible à l'homme de s'y maintenir longtemps sans faire
usage de ballons d'oxygène et de l'appareil respiratoire. Dupuis avait
la charge de ces engins. Mon altimètre marquait 4.000 et nous avions
déjà franchi les lignes ennemies, sans provoquer la moindre alerte.

Une telle chance nous venait sans doute de la précaution que
j'avais prise de faire gainer le moteur et l'hélice pour en assourdir
le bruit et aussi de l'heure choisie. L'heure où le sommeil le plus
lourd pèse de tout son poids sur les soldats, sur les armées.

Au fur et à mesure que devenaient plus brillantes les clartés de
l'aurore, je m'élevais davantage, et l'or de nos ailes et de notre carlingue se dissolvait dans l'or éblouissant du soleil.

Aucun incident ne marqua notre voyage à l'aller. Le compas m'as-
surait que nous étions dans la bonne direction, et que bientôt nous
serions en vue du point d'atterrissage choisi, au milieu d'une grande

plaine désertique du pays ennemi, entourée de trois côtés par de vastes forêts et où nous avions des chances de pouvoir nous « poser » sans être vus, ou du moins sans être découverts assez vite pour que les indigènes pussent nous empêcher de repartir.

Les choses se passèrent exactement comme nous l'avions espéré.

Nous nous posâmes au milieu d'un vaste champ inculte, et Dupuis sauta lestement à terre.

Je l'aidai à décharger une lourde petite boîte qu'il devait emporter avec lui; il quitta ses lunettes, son casque et sa combinaison, coiffa son chef d'un petit chapeau de feutre-velours verdâtre, orné d'une plume sur le côté, et m'apparut soudain transformé en professeur de l'Université d'Heidelberg.

Dupuis, chose rare pour un français, parlait l'allemand sans aucun accent. Personne parmi nous ne s'en était douté avant le projet de mission dressé par nous deux.

— Comment me trouvez-vous? me demanda-t-il au moment de me quitter.

— Parfaitement dans la peau du personnage.

— Alors, c'est bien.

Je remontai dans la carlingue.

— Entendu, n'est-ce pas? Dans trois jours, c'est-à-dire samedi à la même heure, vous viendrez me reprendre ici?

— Nous sommes d'accord.

— S'il n'y a pas de malheur, j'y serai.

— Moi aussi.

Paul Dupuis se suspendit aux pâles de l'hélice, je mis le contact, il « lança » et bientôt je repris mon vol, tandis que mon ami se perdait sous bois, allant accomplir sans faiblesse, sa mission obscure, hasardeuse et grandiose.

⁂

Un vent violent s'était brusquement levé. Des nuages bruns apparaissaient au ciel, barrant la route de l'ouest; et au fur et à mesure que je montais et avançais, ils s'épaississaient davantage devant moi. Le vent aussi grossissait. Je l'entendais souffler violemment à travers mes haubans et parfois il me prenait dans un irrésistible corps à corps, m'enlevait comme un fétu, ou tentait de me précipiter dans le vide. Je piquais par moments de deux cents mètres et j'avais beaucoup de peine à me redresser.

Et voilà que les éclairs, le tonnerre et la pluie se joignirent au vent soufflant maintenant en tempête.

Toutes mes forces, toute ma volonté bandées comme des arcs, m'aidaient à lutter contre les éléments hostiles. Un instant de faiblesse ou de lassitude et j'étais perdu.

Mourir?... Est-ce que j'avais peur? Non; sincèrement, je n'avais pas peur. Mais en songeant que Dupuis m'attendrait dans trois jours et que de mon retour dépendait sa vie ou sa liberté, j'avais un sursaut de volonté et d'énergie.

Mon appareil zigzaguait, de haut en bas, de bas en haut et de contre la tempête. Les membres crispés sur les commandes, je le maintenais de mon mieux, tandis que tout frémissait autour de moi.

Ah! le brave avion! Comme il fallait qu'il eût été créé robuste et doté d'une stabilité parfaite pour ne s'être pas encore écrasé sur le sol ennemi, en me broyant sous lui dans sa chute!...

Combien de temps dura cette lutte inégale, dont je devais sortir cependant invaincu, je ne saurais le dire exactement.

Enfin, je vis l'horizon s'éclaircir devant moi, aussi soudainement qu'il s'était obscurci; la pluie cessa, le vent tomba tout d'un coup et je redevins maître de ma direction. J'étais sauvé!

Sauvé? — Non pas! — J'étais perdu dans l'azur!

Mon compas déréglé ne donnait plus la direction. Je ne reconnaissais plus les paysages au-dessous de moi, ni ne retrouvais aucun point de repère... Les rivières dont le dessin capricieux se tortillait à mes pieds, les lignes ferrées, des lacs, des perspectives inconnues, que signifiait tout cela?...

A vouloir descendre trop précipitamment pour essayer de m'y reconnaître, je faillis « emboutir » une haute montagne.

Un coup de canon, dont les éclats déchirèrent un peu plus la toile de mon aileron gauche, qui pourtant pendait en loque, me fit sursauter.

Quoi? Serais-je donc encore chez l'ennemi?

Et en jetant un coup d'œil sur le niveau d'essence, je sentis un frisson traverser tout mon être. Mes réservoirs étaient à peu près vides! Une fuite, sans doute...

Le moteur faiblissait.

A mille mètres au-dessous de moi, s'étendait un étroit plateau enclos de hautes montagnes. Je n'avais pas le choix...

En vol plané, je vins atterrir parmi les herbes basses d'une prairie...

Après m'être perdu dans l'azur, je me retrouvais chez les montagnards hospitaliers de la généreuse Helvétie.

. . . .

Mais qu'est devenu mon cher Paul Dupuis?... Voilà la question qui, depuis ce jour, trouble mon sommeil...

Sans doute ne le saurai-je jamais... Il a dû cependant accomplir sa mission importante et mystérieuse...

Certains faits connus me permettent de l'espérer! et c'est là, pour moi la seule consolation à une inactivité qui se prolonge désespérément.

Paris. — Imp. d'Éditions, E. r. Ménard-Jacques.